Ulrich Germania
MÉDICOS
en la
FERIA

FSC
www.fsc.org
MIX
Papier aus verantwortungsvollen Quellen
Paper from responsible sources
FSC® C105338

Pie de imprenta

Título del libro:
Médicos en la Feria

Subtítulo:
No es una novela médica, pero casi.

Serie:
Encuentros románticos en un parque de atracciones.

Notas KI:
Historia de IA iniciada y revisada por el autor.
Traducida del alemán al español por una IA.

Autor:

Editor:
BoD · Books on Demand GmbH, Überseering 33,
22297 Hamburg, bod@bod.de

Impresión:
Libri Plureos GmbH
Friedensallee 273, 22763 Hamburg

ISBN: 978-3-8192-7663-7

ÍNDICE

Notas:

Créditos fotográficos:
Las imágenes de la portada y las ilustraciones del libro se generaron mediante IA y se modificaron con programas de manipulación fotográfica.

IA y Traducción:
Historia de IA iniciada y revisada por el autor.
Fue traducida del alemán al español por una IA y otra IA hizo lectura de pruebas.

E-mail del autor:
Ulrich.Germania@online.de

El parque de atracciones

Era una cálida tarde de verano el día en que, después de mucho tiempo, volvía a abrirse en la ciudad un parque de atracciones. Durante quince días, el parque de atracciones enriquecería la ciudad con un mar de luces de colores, y sonidos. El olor a algodón de azúcar y almendras tostadas llenaba el aire, mientras las risas alegres de los visitantes lo llenaban todo. Había atracciones girando y balanceándose por todas partes, desde la salvaje montaña rusa hasta la acogedora noria, que ofrecía una magnífica vista de todo el recinto ferial y de grandes partes de la ciudad.

Los puestos estaban llenos de todo tipo de chucherías y recuerdos, desde relucientes bolas de nieve hasta joyas hechas a mano.

Los niños corrían entusiasmados de un puesto a otro, con los ojos brillantes de alegría y curiosidad.

Los puestos de comida ofrecían una gran variedad de manjares, desde salchichas saladas hasta crepes dulces, recién preparados ante los hambrientos visitantes.

Los adultos se sentaron en las cervecerías al aire libre, disfrutaron de una bebida refrescante y escucharon música en directo desde un pequeño escenario.

El parque de atracciones era un lugar donde la gente se reunía, reía y olvidaba las preocupaciones de la vida cotidiana mientras duraba su visita.

Aquí, en medio de este colorido ajetreo, iba a comenzar una historia de amor que duraría más que los días de feria.

Enfermera Lina

Lina, una enfermera de 23 años, se dirigía a la ciudad para reunirse con su compañera de trabajo y mejor amiga, Julia, en una cafetería de moda. Iba sentada en el tranvía, observando el paisaje, cuando de repente se detuvo delante del parque de atracciones. De repente, decidió bajarse y echar un vistazo.

La vista de las luces de colores y el ambiente alegre la cautivaron de inmediato. Podía oler el aroma a algodón de azúcar y almendras tostadas y oír las risas de la gente a su alrededor.

Llamó entusiasmada a su amiga Julia y le propuso quedar en el parque de atracciones. Julia aceptó de inmediato y se puso en marcha.

Mientras tanto, Lina paseaba por el recinto ferial, dejándose llevar por las impresiones y disfrutando del ambiente despreocupado.

Dr. Pedro

Pedro, un médico de 28 años, trabajaba en el puesto de asistencia a heridos del recinto ferial. Era alto y atlético, con el pelo corto y castaño oscuro y una sonrisa amable que inspiraba confianza. Pedro se había ofrecido voluntario para trabajar en el parque de atracciones porque le encantaba ayudar a la gente y porque no quería hacer sus funciones de médico de urgencias en un hospital estéril, sino en el ambiente alegre del parque de atracciones.

Su puesto era bien visible, con una gran cruz roja y una tienda blanca donde él y su pequeño equipo prestaban primeros auxilios. Pedro siempre estaba atento y dispuesto a intervenir inmediatamente en caso de heridas leves o emergencias. Tenía una actitud tranquila y tranquilizadora que hacía sentir a la gente que estaba en buenas manos.

Aunque tenía mucho que hacer, siempre se tomaba un momento para observar las caras de felicidad de los visitantes del parque de atracciones y empaparse de la energía positiva.

El tiovivo de los ponis

Mientras Lina esperaba a su amiga Julia, paseaba tranquilamente por la feria. De repente, oyó el típico relincho de los caballos. Curiosa, siguió el sonido y descubrió una pequeña zona donde los niños podían montar en poni. Los ponis trotaban tranquilamente en círculo mientras los niños se sentaban a sus lomos, riendo y saludando a sus padres.

Justo cuando Lina se acercó para observar lo que ocurría, sucedió. Un niño pequeño sentado en uno de los ponis perdió repentinamente el equilibrio. Lina vio cómo el niño se inclinaba hacia delante y finalmente resbalaba del poni. Un grito de sorpresa recorrió la multitud cuando el niño cayó al suelo.

Lina sintió que el corazón le latía más deprisa. Sin vacilar, corrió al lugar del accidente mientras los padres del niño también se apresuraban.

"Soy enfermera", explicó Lina a los padres mientras se arrodillaba junto al niño que lloraba y quería comprobar si se había hecho daño al caerse del poni.

El niño yacía en el suelo llorando y llamando a su madre. La madre cogió al niño y lo acunó en sus brazos, mientras Lina le decía a su madre: "Deberíamos comprobar que el niño no se ha roto nada al caerse".

La madre asintió.

En ese momento, otra persona también se apresuró a ayudar. Era Pedro, el médico del servicio de emergencias responsable del parque de atracciones.

"Hola, soy el médico del servicio de urgencias", se presentó y todos le reconocieron de inmediato: llevaba unos vaqueros blancos, una camisa blanca y una chaqueta blanca con una cruz roja bordada.

Pedro miró a Lina, que permanecía preocupada junto a la madre y el niño.

"Todo está bien, yo me encargo", dijo con una sonrisa tranquilizadora.

Lina asintió y dio un paso atrás para dejarle sitio, pero permaneció cerca por si la necesitaban.

Con voz tranquila y compostura profesional, Pedro se hizo cargo de la situación.

Asintió a Lina y luego dijo a la madre del niño:

"La señorita tiene razón, deberíamos comprobar si el niño tiene heridas".

La madre calmó al niño que lloraba y Pedro empezó a examinarlo detenidamente en busca de heridas.

Lina observó fascinada cómo Pedro actuaba con una mezcla de competencia y compasión. Sabía que acababa de presenciar un momento especial.

Mientras Pedro examinaba al niño, le hablaba en voz baja y tranquilizadora.

"Parece que sólo te has hecho unos rasguños. Nada serio, pero nos aseguraremos de que tu pequeña dolencia se cure rápido".

El niño dejó de llorar y miró a Pedro con los ojos muy abiertos mientras él le curaba con cuidado las pequeñas abrasiones.

Lina pudo ver lo hábil y sensible que era Pedro, y se sintió atraída por su actitud tranquila.

Cuando Pedro terminó, la madre volvió a poner al niño sobre sus propios pies y los padres dieron las gracias a Pedro con un apretón de manos.

"Cuidaos mucho", dijo Pedro con una sonrisa antes de volverse hacia Lina.

"Me alegro de que llegaras tan rápido", dijo. "Por cierto, soy Pedro, el médico oficial del servicio de emergencias del parque de atracciones, pero por lo demás trabajo en el hospital universitario".

"Lina", respondió y le devolvió la sonrisa. "Soy enfermera en la clínica Madre Teresa. No sabía que había un médico en la feria. Así que quería asegurarme de que todo iba bien con el niño".

"Ahh, ¿eres enfermera? Eso explica por qué te mantuviste tan tranquila", dijo Pedro agradecido y añadió:

"Siempre es bueno tener cerca a alguien con formación médica para que preste primeros auxilios hasta que llegue un médico".

Lina sintió que sus mejillas se sonrojaban ligeramente. "Fue impresionante verte. Hiciste un trabajo realmente bueno".

Pedro sonrió.

"Gracias. Me alegra oírlo. ¿Quizás nos veamos más tarde en el parque de atracciones?"

Lina asintió. "Me gustaría".

Con una sonrisa, se separaron, pero ambos esperaban volver a encontrarse.

Julia y Lina

Lina volvía a pasear por el recinto ferial cuando de repente sonó su teléfono móvil. En la pantalla aparecía el nombre de Julia.

"Hola Lina, yo también estoy ahora en el parque de atracciones. ¿Dónde estás tú? ¿Dónde podemos vernos?"

"El mejor sitio es la noria, sólo hay una y no tiene pérdida", sugirió Lina y las dos chicas se encaminaron hacia la noria.

Antes de llegar a la noria, Lina vio a su amiga Julia entre la multitud. Julia la saludó alegremente con la mano y se abrió paso entre la multitud hasta que por fin alcanzó a Lina.

"¡Eh, Lina! Qué idea tan loca la nuestra de encontrarnos en el parque de atracciones", exclamó Julia y le dio un fuerte abrazo a su amiga.

Lina estaba radiante.

"¡Julia, no vas a creer lo que acaba de pasar! ¡Conocí a alguien y fue tan emocionante!"

Apenas pudo contener su emoción e inmediatamente empezó a contar la historia.

"Bueno, iba de camino a los ponis cuando vi a un niño pequeño caerse de un caballo. Fue terrible. Inmediatamente corrí a prestarle los primeros auxilios, pero entonces llegó otra persona: un médico llamado Pedro. Cuidó tan bien del niño que fue impresionante".

Julia escuchó atentamente y asintió con entusiasmo. "¡Vaya, parece sacado de una película! ¿Y cómo era el tal Pedro?".

Lina sonrió soñadoramente.

"Era alto, guapo y tenía esa sonrisa amable que infunde confianza al instante. Era muy tranquilo y profesional mientras atendía al niño. Le observaba con fascinación".

Julia soltó una risita. "Eso suena como si ya te hubieras enamorado. ¿Y luego qué pasó?"

"Después de atender al niño, me dio las gracias por los primeros auxilios y charlamos un rato. Me preguntó si volvería a verle más tarde en el parque de atracciones. Le dije que sí, por supuesto", dice Lina con una amplia sonrisa.

Julia dio una palmada.

"¡Es fantástico! Quizá sea el principio de una relación. Estoy deseando ver qué pasa después".

Lina asintió. "A mí también. Pero ahora disfrutemos del parque de atracciones y veamos qué más nos depara la noche".

Las dos amigas salieron a explorar las diversas atracciones del parque de atracciones, mientras Lina no dejaba de pensar en su encuentro con Pedro.

Julia también pensó en la historia que le había contado Lina y sintió curiosidad. Tenía muchas ganas de saber cómo era Pedro.

"Lina, tengo curiosidad por ver cómo es tu Pedro. ¿Por qué no vamos al puesto de asistencia de emergencias para que pueda verlo?", sugirió.

Lina dudó brevemente, pero luego asintió: "Buena idea, Julia. Vayamos allí. Quizá aún esté allí".

Las dos amigas se abren paso entre el colorido bullicio del parque de atracciones.

Pasaron junto a las atracciones y los puestos de comida hasta que por fin llegaron al puesto de asistencia a heridos. No podían pasar por alto la gran cruz roja y la carpa blanca.

Cuando se acercaron, vieron a Pedro aplicando una tirita a la rodilla de un niño. Su actitud tranquila y profesional fue inmediatamente reconocible.

"Ahí está", susurró Lina emocionada. "Ese es Pedro."

Julia lo examinó detenidamente y asintió con aprobación. "Tiene muy buen aspecto, Lina."

Lina sonrió con orgullo. "Sí, así es. Me alegro mucho de haberle conocido".

Las dos amigas observaron a Pedro durante un rato antes de sumergirse de nuevo en el ajetreo del parque de atracciones.

Lina no podía quitarse la sensación de que aquella noche era algo muy especial y que su historia con Pedro no había hecho más que empezar.

Accidente con estrépito

Lina y Julia seguían paseando por el parque de atracciones cuando, de repente, un fuerte estruendo llenó el aire. Ambas se giraron, sobresaltadas, y vieron que un pequeño carrusel infantil se detenía bruscamente.

Un niño sentado a lomos de un elefante de plástico se había caído de la atracción debido al frenado de emergencia del carrusel y ahora gritaba de dolor, o porque estaba muy asustado.

Lina reaccionó instintivamente y corrió al lugar del accidente. Se arrodilló junto al niño que lloraba y empezó a calmarlo.

"Todo va a ir bien, estoy aquí para ayudarte", dijo con suavidad, comprobando si el niño tenía alguna herida. Afortunadamente, sólo parecía tener algunos rasguños y magulladuras.

En ese momento apareció Pedro, que también había oído el golpe y el llanto del niño y se puso inmediatamente en marcha.

Pedro vio a Lina, que ya estaba con el niño, y sonrió con aprobación.

"Vuelves a ser más rápido que yo", dijo bromeando mientras se arrodillaba a su lado.

"No pude evitarlo", respondió Lina, devolviéndole la sonrisa. "Parece que el niño sólo tendrá algunos moratones, pero quería asegurarme de que todo iba bien".

Pedro asintió y empezó a examinar también al niño.

"Has hecho un buen trabajo, Lina. No parece haber pasado nada, aparte de unos moratones no he notado nada. Pero volveremos a comprobar que no se haya torcido los tobillos o las muñecas". Juntos se ocuparon del niño y tranquilizaron a los preocupados padres.

Tras examinar al niño y no encontrar ninguna herida, Lina y Pedro se levantaron y se miraron.

"Eres realmente impresionante, Lina", dijo Pedro. "Da gusto ver cómo cuidas de los demás".

Lina se sonrojó ligeramente.

"Gracias, Pedro. También es agradable tener a alguien como tú aquí. Eres un gran médico".

Pedro sonríe. "Quizá deberíamos vernos más tarde y charlar. Me gustaría saber más de ti".

Lina asintió. "Estaré encantada. ¿Cuándo sales del trabajo?"

Pedro miró su reloj y contestó:

"Salgo del trabajo en una hora. ¿Qué tal si nos vemos en el escenario? Hay una banda tocando en directo y podríamos charlar".

Lina sonrió. "Me parece un buen plan. Lo estoy deseando".

"Hasta luego", dijo Pedro y se despidió con un gesto de la mano.

Al borde de la pista de baile

Lina y Julia se dirigieron al gran escenario, donde la banda en directo acababa de regresar tras una pausa y afinaba de nuevo sus instrumentos antes de que sonaran las primeras notas. En cuanto sonó la primera canción, la gente empezó a bailar al ritmo de la música.

Las dos amigas estaban disfrutando del alegre ambiente cuando, de repente, se les acercó un hombre borracho. Se tambaleaba y balbuceaba palabras ininteligibles mientras intentaba acosar a Lina y Julia.

Lina sintió que el corazón le latía más deprisa. Intentó ignorar al borracho y apartarse de él, pero no cejaba en su empeño. Julia se colocó de forma protectora delante de su amiga, pero el borracho insistía cada vez más.

La situación amenazó con agravarse cuando Pedro apareció de repente.

Pedro acababa de terminar de trabajar y se dirigía al escenario para encontrarse con Lina.

Cuando vio la escena, no dudó ni un segundo. Con mirada decidida, se puso delante de Lina y Julia para proteger a las chicas. "Déjelas en paz", ordenó al hombre con voz firme.

El borracho miró fijamente a Pedro, con los ojos entrecerrados por la rabia. Sin previo aviso, arremetió y golpeó a Pedro en la cara con el puño. El golpe fue violento y Pedro retrocedió un paso mientras el borracho desaparecía rápidamente entre la multitud.

Lina lanzó un grito de sorpresa e inmediatamente corrió hacia Pedro.

"Pedro, ¿estás bien?", le preguntó ansiosa mientras le examinaba la cara. Tenía una pequeña laceración en la mejilla y parecía a punto de sangrar, pero Pedro sonrió con valentía.

Lina cogió un pañuelo y lo presionó sobre la herida hasta asegurarse de que había evitado cualquier hemorragia.

"No pasa nada, Lina", dijo Pedro tranquilizador. "Lo más importante es que estáis a salvo".

Lina sintió una mezcla de alivio y admiración por Pedro.

"Gracias por ayudarnos", dijo en voz baja. "Eres muy valiente".

Pedro sonrió y le puso una mano en el hombro.

"Haría lo mismo una y otra vez, Lina. Ahora pasemos una velada agradable y disfrutemos de la música".

Juntos volvieron al escenario, donde la banda estaba en plena actuación.

Colega Bruno

Por desgracia, la pequeña laceración de la mejilla de Pedro empezó a sangrar y Lina se preocupó de inmediato.

"Pedro, tu herida vuelve a sangrar. Vamos al puesto de primeros auxilios para que te atiendan", dijo con firmeza.

Pedro asintió y sonrió valientemente. "Buena idea, Lina. No quiero que empeore".

Lina le entregó a Pedro un pañuelo de papel, que éste se apretó contra la mejilla. Juntos, Lina, Pedro y Julia se dirigen al puesto de emergencias.

Cuando llegaron, vieron que Bruno, el colega de Pedro, estaba trabajando allí.

Bruno era un paramédico experimentado que enseguida se dio cuenta de que algo iba mal porque Pedro se estaba apretando la cara con un pañuelo.

"Pedro, ¿qué ha pasado?", preguntó Bruno preocupado al ver la herida sangrante en la mejilla de Pedro.

"Tuve un pequeño altercado con un borracho", explicó Pedro, encogiéndose de hombros. "No es nada grave, pero me golpeó con el puño".

Pedro señaló a Lina y dijo: "Esa es Lina, una enfermera, detuvo la primera hemorragia, pero ahora la herida vuelve a sangrar".

Bruno asintió y condujo a Pedro a una silla. "Siéntate, yo me encargo de esto".

Inmediatamente empezó a limpiar y tratar la herida mientras Lina y Julia miraban ansiosas.

Como Bruno quería saber más sobre la pequeña discusión, Julia le contó con todo detalle cómo el borracho la había acosado hasta que intervino Pedro.

"Pedro fue muy valiente", dijo Julia agradecida al final de su relato.

Pedro sonrió débilmente. "Era lo correcto. Quería que el borracho dejara de molestarte, y lo conseguí".

Bruno trabajó con rutina y concentración. Detuvo la hemorragia con practicados movimientos de la mano y un medicamento que podía utilizarse para detener las hemorragias

"Ya debería estar mejor y no debería volver a sangrar", le dijo tranquilizadoramente a Pedro mientras le ponía un pequeño esparadrapo en la mejilla.

"Cuídate mucho y evita más golpes en la cara", añadió con un guiño.

Lina observó atentamente los cuidados y se sintió aliviada.

"Gracias, Bruno. Me alegro mucho de que estés aquí y hayas podido ayudar".

Bruno sonrió. "No hay ningún problema. Siempre es bueno tener amigos que te cuiden".

De repente, Lina se acercó a Pedro y le sonrió.

"Se curará aún más rápido en un minuto", le dijo y le dio un suave beso en la mejilla, justo al lado de la escayola.

Pedro sonrió agradecido y sintió que el corazón le latía más deprisa.

"Gracias, Lina. Ha sido la mejor medicina", dijo en voz baja.

Julia, que había estado observando la escena, sonrió ampliamente. "Estáis muy bien juntas", comentó y le guiñó un ojo a Lina.

Lina se sonrojó ligeramente, pero no pudo ocultar su sonrisa.

"Volvamos al escenario y disfrutemos de la música", sugirió. "Creo que aún nos queda una bonita velada por delante".

Juntos, los tres se dirigieron de nuevo al gran escenario, donde la banda en directo estaba en pleno apogeo. La música alegre y el ambiente exuberante les hicieron olvidar rápidamente los incidentes anteriores.

A pesar del incidente, o quizá debido a él, Lina y Pedro sintieron que su vínculo se había estrechado. Sabían que podían confiar el uno en el otro si ocurría algo.

Volver a la música en directo

Lina y Pedro bailaron al ritmo de la música rock que tocaba la banda en directo. La música alegre y el ambiente exuberante les hicieron olvidar todo lo que les rodeaba. Se reían, giraban al ritmo de la música y disfrutaban estando cerca el uno del otro. Con cada canción que sonaba, sentían que su conexión se hacía más fuerte y se enamoraban cada vez más el uno del otro.

Julia se apartó un poco y observó a su amiga y a Pedro. Se alegraba por Lina, pero no podía evitar sentirse como la tercera rueda. Mientras los miraba, no dejaba de pensar en Bruno. Su trato amable y profesional la había impresionado mucho.

Julia suspiró suavemente y decidió disfrutar de la velada de todos modos, y tal vez aún tendría ocasión de conocer mejor a Bruno.

Con una sonrisa decidida, fue a buscarse una copa, y luego se le ocurrió comprar dos, una para ella y otra para Bruno.

Lina y Pedro notaron la ausencia de Julia y echaron un rápido vistazo a su alrededor. "¿Dónde se ha metido Julia?", preguntó Pedro preocupado.

"Creo que quería tomar algo", respondió Lina. "Espero que no se sienta excluida".

Pedro sonrió tranquilizadoramente. "No te preocupes, Lina. Julia es una mujer fuerte. Y quién sabe, quizá conozca a alguien especial esta noche".

Lina asintió y sonrió. "Tienes razón. Disfrutemos del momento".

Siguieron bailando juntos mientras la música les cautivaba y disfrutaban al máximo de la velada.

Julia con Bruno

Julia se compró dos refrescos, una Coca-Cola y una limonada, y se dirigió al puesto de asistencia de primeros auxilios. Quería hacerle compañía a Bruno mientras estaba de guardia como médico de urgencias. Cuando llegó, vio a Bruno, que se estaba tomando un breve descanso y se sentó en una silla.

"Hola, Bruno", dijo Julia alegremente y le saludó con la mano. "Pensé en venir a hacerte compañía un rato".

Bruno sonrió al verla. "Hola Julia, qué agradable sorpresa".

Julia dijo: "Mira, acabo de comprar una Coca-Cola y una limonada. ¿Qué quieres beber? Elige tú".

"Vaya, gracias. Tomaré la coca. ¿Por qué no te sientas conmigo?"

Julia tomó asiento, le pasó la Coca-Cola a Bruno y le dijo: "Espero que no estés muy ocupado esta noche".

Bruno sacudió la cabeza. "Afortunadamente, fue bastante tranquilo, aparte de algunos heridos leves. Gracias por venir a verme. Siempre es bueno tener a alguien con quien hablar".

Los dos hablaron del parque de atracciones, de sus experiencias y se rieron de las divertidas anécdotas que pudieron contar. Julia se sentía a gusto en compañía de Bruno y se daba cuenta de que cada vez se interesaba más por él.

Mientras hablaban, Bruno se dio cuenta de lo atenta y empática que era Julia. Disfrutaba de su compañía y se alegraba de tener a alguien con quien hablar. El tiempo pasó volando y ambos se dieron cuenta de que estaban creando un vínculo especial entre ellos.

Lina y Pedro

Mientras tanto, en el escenario de Lina y Pedro: 20 minutos antes de medianoche, cuando se acercaba el final del parque de atracciones, la banda en directo detuvo de repente la música rock. El cantante se acerca al micrófono y se dirige a los invitados:

"Tocamos canciones románticas para enamorados durante los últimos 20 minutos", anunció.

La gente soltó una risita tímida y el ambiente cambió bruscamente. Las luces se atenuaron y los primeros sonidos suaves de una canción romántica llenaron el ambiente.

Lina y Pedro se miraron con una sonrisa en los labios. Sin decir palabra, Pedro cogió la mano de Lina y la acercó suavemente a él. Empezaron a bailar lentamente, sus movimientos en armonía con la música. El mundo a su alrededor pareció desaparecer y se quedaron solos.

Lina apoyó la cabeza en el hombro de Pedro y sintió que el corazón le latía más deprisa. Pedro la abrazó con fuerza y saboreó el momento de cercanía y ternura.

Las canciones románticas crearon una atmósfera mágica y Lina y Pedro se sintieron como si fueran las únicas personas del mundo. Con cada canción que sonaba, se enamoraban más y más el uno del otro. Fue un momento inolvidable.

Cuando se apagaron las últimas notas de la música romántica, Lina y Pedro estaban en la pista de baile estrechamente abrazados. El mundo a su alrededor parecía haberse detenido y sólo estaban ellos dos. Los suaves sonidos de la última canción seguían resonando en sus oídos mientras se miraban profundamente a los ojos.

Lina sintió que su corazón latía más rápido y pudo sentir el cálido aliento de Pedro en su piel. Sus manos descansaban sobre sus hombros mientras los brazos de él la abrazaban con fuerza. Era un momento lleno de magia y ternura, y ella sabía que ese momento era algo muy especial.

Lentamente, Pedro se inclinó hacia ella y Lina cerró los ojos. Sus labios se encontraron en un beso suave y tierno que expresaba todo lo que sentían el uno por el otro.

Fue un beso lleno de amor y afecto que hizo que el tiempo se detuviera por un momento.

La gente a su alrededor pareció desaparecer y sólo quedaron Lina y Pedro, perdidos en este momento mágico. Cuando por fin se separaron, se miraron profundamente a los ojos y supieron que aquel beso era el comienzo de un amor especial.

Lina y Pedro estaban sentados muy juntos en los bancos de cerveza junto al escenario. Los últimos visitantes de la feria se dirigían lentamente a sus casas, pero ellos dos no podían dejar de abrazarse y besarse. La música romántica había creado una atmósfera mágica y ellos saboreaban cada momento de su intimidad.

Las luces de la feria empezaron a apagarse y el sonido de las atracciones fue desapareciendo poco a poco. Pero para Lina y Pedro, el tiempo parecía haberse detenido.

Hablaban en voz baja, reían e intercambiaban miradas tiernas. Era como si el mundo que les rodeaba ya no existiera.

Fin del parque de atracciones

Entretanto, Bruno había cerrado el puesto de asistencia y se dirigía al escenario con Julia. Julia quería volver con su amiga Lina y esperaba que aún estuviera junto al escenario.

Cuando llegaron al escenario, vieron a Lina y Pedro sentados muy juntos en los bancos de cerveza.

Bruno sonrió y se volvió hacia Julia.

"Parece que los dos han pasado una velada muy agradable", dijo en voz baja.

Julia asintió y sonrió también. "Sí, lo hicieron. Es bonito ver lo felices que son".

Bruno y Julia se sentaron en un banco cercano y observaron a los dos. Disfrutaron del ambiente tranquilo y de su mutua compañía. Bruno sintió que entre Él y Julia también se había desarrollado una conexión especial, y tenía curiosidad por ver adónde conduciría.

Lina y Pedro se percataron por fin de la presencia de Bruno y Julia y les saludaron con la mano. "Venid, sentaos con nosotros", dijo Pedro alegremente.

Bruno y Julia se levantaron y se unieron a ellos. Pasaron juntos los últimos minutos de la feria, riendo e intercambiando historias.

Finalmente, llegó un hombre de seguridad y pidió amablemente a las dos parejas que abandonaran el recinto ferial, ya que la feria estaba cerrada.

Lina, Pedro, Julia y Bruno asintieron en señal de comprensión y se dirigieron a la salida.

En el bar latino

Pedro se ofreció a llevar a todos al centro de la ciudad en su coche.

"¿Qué tal si terminamos la noche en un bar latino? Conozco un sitio estupendo donde un DJ pone música salsa hasta las 5 de la mañana", sugirió.

Los demás aceptaron con entusiasmo y se dirigieron juntos al centro de la ciudad. Se rieron mucho durante el trayecto y el ambiente era exuberante.

Cuando entraron en el bar latino, les recibió una música rítmica y un ambiente animado.

El bar estaba lleno de gente bailando salsa sudamericana y cubana. El ambiente alegre y caribeño cautivó de inmediato a los cuatro. Encontraron una mesa cerca de la pista de baile y pidieron bebidas mientras disfrutaban del ambiente.

Pedro preguntó a Lina si sabía bailar salsa y ella dijo que sí. Los dos estaban encantados de haber vuelto a encontrar algo en común.

Lina y Pedro se lanzaron a la pista de baile. Bailaron al ritmo ardiente de la salsa, en perfecta armonía. Era como si hubieran bailado salsa juntos muchas veces antes y disfrutaron de cada segundo.

Julia y Bruno los observaron y sonrieron. Parecen tan felices -dijo Julia en voz baja-.

Bruno asintió. "Sí, así es. Y me alegro de que podamos pasar esta velada juntos".

Julia sonrió y cogió la mano de Bruno. "Bailemos nosotros también", propuso.

Bruno vaciló brevemente. "Pero yo no sé bailar salsa", dijo y Julia se rió: "Yo tampoco, pero quiero bailar".

Bruno se rió y siguió a Julia a la pista de baile. Bailaron juntos de forma improvisada al son de la salsa y sintieron que su conexión se hacía cada vez más fuerte.

La noche pasó volando y los cuatro saborearon cada momento en el bar latino.

Hacia el final de la velada, el DJ tomó el micrófono y anunció: "En 30 minutos es la hora de cerrar, a partir de ahora pondré música de rumba romántica para los enamorados".

Los invitados del bar latino rieron tímidamente, pero estaban encantados de que el ambiente de la fiesta latina se volviera ahora más íntimo y romántico. Las luces se atenuaron y los primeros sonidos suaves de música de rumba llenaron la sala.

Bruno y Julia seguían en la pista de baile. Aunque ninguno de los dos sabía bailar la rumba, decidieron seguir el ritmo de la música y disfrutar del momento. Se movían despacio y con cuidado, con los ojos fijos el uno en el otro.

La música creaba una atmósfera mágica y podían sentir cómo sus corazones latían al mismo ritmo.

Mientras bailaban, se acercaban cada vez más. Bruno puso suavemente las manos en las caderas de Julia y ella le rodeó el cuello con los brazos. Sus movimientos se sincronizaron y se sintieron como si siempre hubieran bailado juntos. El mundo que les rodeaba parecía desaparecer y sólo estaban ellos dos.

La música romántica y la cercanía del uno al otro hicieron que sus sentimientos mutuos fueran cada vez más fuertes. Finalmente, cuando sonó una canción especialmente emotiva, se miraron profundamente a los ojos.

Sin decir palabra, Bruno se inclinó lentamente hacia Julia y ella cerró los ojos. Sus labios se encontraron en un beso suave y tierno que expresaba todo lo que sentían el uno por el otro.

Fue un beso lleno de amor y cariño que hizo que el tiempo se detuviera por un momento. El mundo a su alrededor desapareció y solo estaban Bruno y Julia, perdidos en ese momento mágico.

Cuando por fin se separaron, se miraron profundamente a los ojos y supieron que aquel beso era el comienzo de un amor muy especial.

Al final de la velada, sólo había parejas besándose en la pista de baile. La romántica música de rumba llenaba la sala y el ambiente estaba lleno de amor y ternura.

Bruno y Julia se abrazaron con fuerza y disfrutaron de los últimos minutos de la música, mientras Lina y Pedro también bailaban muy juntos y no paraban de darse tiernos besos.

Cuando la música se detuvo y las últimas notas se desvanecieron, las dos parejas seguían sentadas a la mesa disfrutando de sus bebidas. El ambiente era relajado y lleno de afecto mientras charlaban tranquilamente y reflexionaban sobre la mágica velada. Finalmente, el portero se acercó a ellos y les pidió amablemente que abandonaran el pub porque ya estaba cerrando.

Los cuatro intercambiaron rápidamente sus números de teléfono para mantenerse en contacto. Lina sacó su móvil y creó un grupo de WhatsApp llamado "Feria".

"Así todos podremos seguir en contacto y volver a vernos", dijo riendo mientras invitaba a los demás a entrar en el grupo.

De repente, Julia dijo: "¿Sabéis por qué ha sido una noche tan especial? Porque dos enfermeras y dos médicos no se conocieron en el hospital, ¡sino en el parque de atracciones!"

Todos se echaron a reír, y Bruno comentó: "¡Qué suerte, si no nuestra historia sería cosa de una novela cursi de médicos!".

Todos volvieron a reírse tan alto que el portero tuvo que volver a la mesa y recordarles que tenían que irse ya.

Pedro se ofreció a llevar a todos a casa. Los demás aceptaron agradecidos y se dirigieron al aparcamiento.

Primero, Pedro llevó a Julia a casa. Julia se lo agradeció calurosamente y se despidió de Bruno con un beso. "Ha sido una velada maravillosa. Ya estoy deseando que volvamos a vernos", dijo antes de bajarse del coche.

Después, Pedro llevó a Bruno a casa. Bruno también le dio las gracias y se despidió con un fuerte apretón de manos. "Gracias, Pedro. Ha sido una velada estupenda. Hasta pronto."

Al final, Pedro y Lina siguieron juntos. Las carreteras eran tranquilas y disfrutaron del silencio y de la cercanía entre ellos.

"¿A mi casa o a la tuya?", preguntó Pedro, y no le importó cuál sería su respuesta

.

Más libros del autor

Si te ha gustado esta historia romántica y cursi de feria de atracciones, seguro que te gustarán las demás historias cortas que ha ideado Ulrich Germania. Muchas de las historias hablan de encuentros románticos en lugares insólitos.

Nota de la IA: Lo siguiente se aplica a las historias de la feria: Ulrich Germania ideó los personajes y el argumento, la IA escribió las historias y luego se fueron revisadas y mejoradas.

Feria de los Corazones
Cuento de amor cursi en un parque de atracciones. (este libro)

Médicos en la Feria
No es una novela médica, pero casi.

La Diosa del Amor en la Feria
Un parque de atracciones con un toque místico

Escrito sin ayuda de la IA:
Primero Venganza, luego la Novia
Historia cursi del Salvaje Oeste

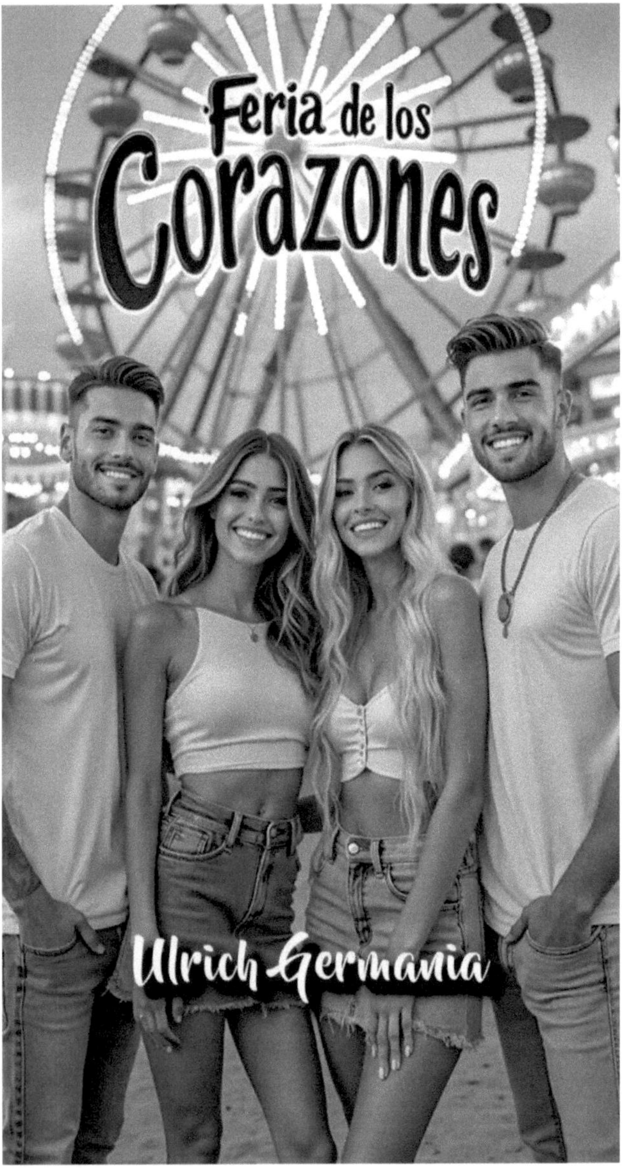
Feria de los
Corazones
Ulrich Germania

Ulrich Germania
LA DIOSA
del AMOR
EN LA FERIA

PRIMERO VENGANZA
LUEGO LA NOVIA
Ulrich Germania